Jakob Venedey

Die Arbeiterbewegung nach ihren Hauptrichtungen

Antigonos

Jakob Venedey

Die Arbeiterbewegung nach ihren Hauptrichtungen

Unveränderter Nachdruck der Originalausgabe von 1869.

1. Auflage 2024 | ISBN: 978-3-38614-973-0

Antigonos Verlag ist ein Imprint der Outlook Verlagsgesellschaft mbH.

Verlag: Outlook Verlag GmbH, Zeilweg 44, 60439 Frankfurt, Deutschland, info@outlook-verlag.de
Vertretungsberechtigt: E. Roepke, Zeilweg 44, 60439 Frankfurt, Deutschland
Druck: Libri Plureos GmbH, Friedensallee 273, 22763 Hamburg, Deutschland

Die

Arbeiterbewegung

nach ihren

Hauptrichtungen

von

J. Venedey.

<hr>

Commissionsverlag von **Philipp Rohr** in Kaiserslautern.

Druck von J. P. Eichelsdörfer in Mannheim.

I.

Eine brennende Frage — nennt man oft die Arbeiterfrage; und in der That, es brennt die Arbeiterfrage auf dem Gewissen der Gesellschaft unseres Jahrhunderts; sie ist die brennende Gewissensfrage der Zeit.

Arbeit in Noth, Arbeit in Elend, Arbeit in Hunger und Kummer — so heißt diese Gewissensfrage der Zeit in zwei Worten. Und soll und muß diese Frage der Arbeit in Noth, in Elend, in Kummer und Hunger nicht Jedem auf dem Gewissen brennen, der etwa mit Ursache ist, daß die Arbeit Noth leiden muß; — der mit Ursache ist, daß die Arbeiterfrage nicht als eine brennende Gewissensfrage der Zeit aufgefaßt, untersucht, beantwortet wird — der mit Ursache ist, daß die Arbeiter zu Schritten verleitet werden, die ihnen das Mitgefühl der denkenden Menschenfreunde entfremden müssen; — der mit Ursache ist, daß die Arbeiterfrage von den Parteien des Tages aufgegriffen und ausgebeutet werden kann? Muß es nicht das Gewissen Derer drücken, die mit daran Schuld, wenn das Alles dann zur Folge haben muß, daß die Arbeit nur immer tiefer in Noth, in Elend, in Kummer und Hunger zu versinken, die ganze menschliche Gesellschaft, an der Erkrankung dieses edelsten Gliedes miterkrankend, zu Grunde zu gehen droht.

Wer an diese Frage herangeht, der bedenke vor Allem sein Gewissen, der frage sich, ob er reinen Herzens ihr gegenübertritt; ob er bereit ist, seine Pflicht zu thun, um zu helfen, die Arbeit aus Noth und Elend zu erretten, so weit sein Blick reicht und seine Mittel es ihm ermöglichen; der schüttele alle Selbstsucht der gesellschaftlichen Stellung, der politischen Partei, des persönlichen Vortheils ab, um nur das Eine und Einzige, die Noth der Arbeit in's Auge zu fassen und sie beseitigen zu helfen, so weit er kann.

Denn, wer diese heilige Gewissensfrage unserer Zeit in Selbstsucht von sich abweist, wer sie in gesellschaftlichem und persönlichem Eigennuß, in Parteirücksicht auf falsche Bahnen zu lenken sucht, der mehrt Noth und Elend, Kummer und Hunger der Arbeit.

Die folgenden Worte sind daher an das Gewissen der Arbeitgeber und der Arbeitnehmer zugleich gerichtet. Jenen sollen sie die Pflicht lebendig vor die Seele führen, mit allen Mitteln zu helfen, die Arbeit aus Noth und Elend zu befreien; diesen aber, den Arbeitern, sollen sie das Gewissen weden, daß sie nicht in Haß und Neid, in Hochmuth und Ueberschätzung, Genußsucht und Arbeitsscheu ihre Lage nur verschlimmern, indem sie die andern Klassen der Gesellschaft von sich abstoßen, sie in Angst vor den wilden Leidenschaften der entfesselten Volkswuth den Gegnern aller berechtigten Fortschritte, den Ausbeutern aller Spaltungen im Volke zum Vortheil ihrer Herrschaft, ihrer Macht, ihrer Genußsucht in die Arme treiben.

II.

Woran liegt es, daß heute die Arbeit in Noth zu einer Gewissensfrage, zu einer Lebensfrage der Völker geworden ist?

Es hat zu allen Zeiten Arbeit in Noth gegeben. In manchen Zeiten haben die Sklaven, die Leibeigene, die Zunftknechte viel mehr und viel größere geistige und materielle Noth zu überstehen gehabt, wie die große Mehrzahl der Arbeiter unserer Tage.

Die Ursache, daß Arbeit in Noth zu einer Lebens- und Gewissensfrage unseres Jahrhunderts geworden, liegt also nicht sowohl in der Thatsache, daß Arbeit Noth leidet, daß ein Theil der Arbeiter großem Elend anheim fällt, denn diese Thatsache ist nichts Neues. Neu ist etwas Anderes, und zwar einerseits das Bewußtsein der Arbeit, daß sie Noth leidet, das Bewußtsein der Arbeit, daß diese Noth ein schreiendes Unrecht; und anderseits die Erkenntniß der Arbeitgeber, der großen Mehrzahl aller denkenden Menschen, daß diese Noth der Arbeit in der That ein Unrecht, — das Zugeständniß eines großen Theiles der Gesellschaft den Arbeitern gegenüber, daß Abhülfe für diese Noth gefunden werden muß.

Und gerade hierin liegt einer der größten, schönsten, edelsten Fortschritte der Zeit.

Zu andern Zeiten war, und auch heute noch ist, vielfach in einzelnen Kreisen des Arbeiterlebens ausnahmsweise der Arbeiter eine geistlose Maschine, die ohne Bewußtsein ihrer Menschenwürde, ohne Erkenntniß ihrer Herabwürdigung sich benutzen, ab- und ausnutzen ließ und läßt. Wie gesagt, es sind das heute nur noch Ausnahmen; die Regel ist, daß der Funke des geistigen Selbstbewußtseins, daß die Ueberzeugung wie der Mensch zu etwas Besserem geboren, als in der Hand eines anderen Menschen einer Maschine gleich benutzt und ausgenutzt zu werden, heute in den Herzen der unendlichen Mehrzahl aller Arbeiter lebt. Und in diesem Funken geistigen Selbstbewußtseins, in diesem Stempel Gottes in der Seele des Menschen, in diesem wohlthätigen menschenwürdigen Fortschritte des Jahrhunderts liegt die Ursache, daß die Arbeiterfrage heute eine Lebensfrage der Gesellschaft, eine Gewissensfrage aller denkenden Menschen ist.

Von der andern Seite ist es eine nicht weniger erhebende, wohlthätige, die Menschheit und die Menschen ehrende Errungenschaft unseres Jahrhunderts, daß ein nicht geringer Theil der Arbeitgeber selbst die berechtigten Klagen der Arbeit in Noth anerkennen, daß sie in Folge dieser Anerkennung für die Arbeiter eintreten, ihnen anständige Wohnungen bauen, für die Verbesserung ihrer Lage, für ihre Fortbildung, ihre geistigen Bedürfnisse, sodann für ihre Invaliden, ihre abgenutzten Alten, für ihre Wittwen und Waisen Sorge tragen.

Es hat zu allen Zeiten Arbeit in Noth gegeben; zu keiner Zeit aber hat die Arbeit in Noth so dem ihm gegenüber stehenden Reichthum am Herzen gelegen, wie dies, freilich leider nicht überall, aber doch vielfach der Fall ist.

Unendlich erhebender ist dann aber der Gedanke, daß eine große Reihe denkender Köpfe, daß eine mächtige Schule der Wissenschaft, daß fast die Mehrzahl aller wohlwollenden Schriftsteller die Arbeiterfrage in die Hand nehmen, sie nach allen Richtungen hin zu ergründen suchen, für die Arbeit in Noth eintreten, für sie kämpfen, von Tag zu Tag mehr Licht in diese Frage hineinwerfen, von Tag zu Tag sie einer Lösung näher bringen, von Tag zu Tag die Zahl Derer mehren, die für die Arbeit in Noth eintreten, von Tag zu Tag die Hoffnung, die Voraussicht, die Bürgschaft einer Verbesserung der Zustände aller Arbeit in Noth fördern und sichern.

Freuen wir uns dieser Gestaltung der Dinge, dieser edelsten Frucht unseres Jahrhunderts.

Sorgen wir aber auch dafür, daß dieselbe nicht durch den Wurmstich der Selbstsucht, des Hochmuths, der Ueberschätzung angefressen, der Fäulniß und dem Verderben anheimfalle.

III.

Worin liegt die Ursache, daß die Arbeit in Noth zur Erkenntniß, zum lebendigen Gefühle dieser Noth und zu dem Bewußtsein des Unrechts, welches in dieser Noth der Arbeit liegt gelangt ist?

In der Bildung. „Also sorgen wir dafür, daß die Bildung der Arbeit zugänglich bleibt.“ Wahrlich, es giebt einen Kreis lichtscheuer Nachtvögel in unserer Zeit, die der Nacht bedürfend, um im Dunkeln ihr Wesen zu treiben, sich einbilden, daß die Sonne nicht aufgehen werde, wenn sie ihr das Steigen verbieten.

Die Bildung einer Zeitperiode ist das Gesammtergebniß der Entwickelung, auf welcher die Menschheit in dieser Periode steht. Ein Philosoph der egyptischen, der indischen, der griechischen, der römischen, der mittelalterlichen Culturepoche ist ein anderer als ein Philosoph der Neuzeit; ein Arbeiter Egyptens, Indiens, Griechenlands, Roms, des Mittelalters ebenso etwas ganz Anderes als ein Arbeiter unserer Tage. Die Bildung der Zeitperiode bescheint und erleuchtet wie die Sonne alle Welt, freilich nicht alle Welt in gleicher Weise. Dieselbe Wärme genügt dem Einen und ist für den Andern nicht hinreichend, unangenehm; dasselbe Licht thut dem Auge des Einen wohl und schmerzt, blendet das Auge des Andern. Dem Gesunden, dem Starken sagt zu, was dem Kranken, dem Schwachen schadet.

So übt die Gesammtbildung der Zeit nicht auf alle eine gleiche Wirkung aus; die Gesunden, die Geisteserstarkten, die Geistesrüstigen finden in der Bildung gesunde Geistes- und Seelennahrung; die Geistesschwachen, Geisteskranken, die an Denken und Geistesleben Ungewohnten, sind nicht im Stande die Bildung der Zeit mit ihren Ergebnissen in der rechten Weise in sich aufzunehmen, zu verarbeiten, zu verwerthen. Der an geistige Thätigkeit, an Denken Gewohnte begreift die Wahrheiten, die Bedürfnisse, die Nothwendigkeiten der Zeit; der nicht an geistige Thätigkeit Gewohnte mißversteht dieselben; und wo er, durch diese Mißverständnisse beherrscht, zur Thätigkeit schreitet, wird er in Irrthümer, in Wirrnisse, in Unheil verfallen, oft zu Grunde gehen, wenn er stark und willenskräftig genug ist, seine ganze Kraft an die Verwirklichung seines Irrthums zu setzen.

Zu der allgemeinen Bildung einer Zeitperiode, in der alle Welt lebt, gehört für jeden Einzelnen auch eine besondere Bildung, eine Gewöhnung an persönliche geistige Thätigkeit, im Kreise der allgemeinen Bildung. Und diese persönliche geistige Thätigkeit, diese besondere Bildung des Einzelnen, ist die erste Bedingung der richtigen Bethätigung des Einzelnen im Kreise der Gesammtbildung des Zeitalters.

Der rohe Bauernknecht eines einsamen Dorfes, der vollkommen ungebildete Arbeiter einer gegen Bildung und Geistesthätigkeit verstoßenden Werkstatt, wird sicher beim Lesen eines geistigen Werkes, beim Aufstellen eines gesellschaftlichen Grundsatzes sich etwas Anderes denken, als der mehr oder weniger Gebildete. Je roher, je ungebildeter der Mensch, desto sicherer ist hier das Mißverständniß, der Irrthum; je mehr der Mensch an Denken gewohnt, je gebildeter er ist, desto weniger ist das Mißverständniß, der Irrthum zu befürchten.

Die persönliche Bildung des Einzelnen ist das erste Erforderniß zur richtigen Bethätigung jedes Zeitgenossen im Kreise der allgemeinen Bildung der Zeit.

Die persönliche Bildung des Einzelnen fördern, ist also die Pflicht der Gesellschaft gegen jeden Einzelnen, jedes Einzelnen gegen die Gesellschaft und gegen sich selbst.

Aus diesem oft mehr gefühlten als klar erkannten Bedürfniß, aus dieser Pflicht der Gesellschaft gegenüber dem Einzelnen, und des Einzelnen gegen sich selbst, sind die Arbeiterbildungsbestrebungen, die Arbeiterbildungsvereine hervorgegangen.

IV.

Die allgemeine Bildung der Zeit ist die Ursache, daß die Arbeit in Noth sich des Unrechts bewußt ist, welches darin liegt, daß Arbeit eben in Noth ist. Die persönliche Bildung des Einzelnen im Kreise der allgemeinen Bildung der Zeit bedingt die Art und Weise, wie der Einzelne durch das Bewußtsein des Unrechts, das in seiner Noth auf ihm lastet, zur That getrieben wird. Den rohen ungebildeten Arbeiter treibt es vorerst und vor Allem zur Gewalt. Die Faust, das Messer, die Zerstörung der Maschine, der Kampf im Wirthshause, auf der Gasse, das erste beste oder schlechteste Mittel der aufgeregten Leidenschaft ist ihm gerecht, um seinem Gefühle Luft zu machen, wenn auch die vollbrachte That ihn nur noch tiefer in Noth und Elend stürzt, voraussichtlich stürzen mußte.

Je ungebildeter der Arbeiter, desto sicherer ist er die leichte Beute dessen, der sich die Mühe giebt, seinen Leidenschaften zu schmeicheln, und ihn dann nach seinen Plänen, zu seinem Vortheil zu lenken und auszubeuten.

Von dem Grade der persönlichen Bildung des Arbeiters hängt es ab, ob der Arbeiter das rechte Mittel erkennt und fühlt, um seinen Zustand zu verbessern, oder ob er sich solcher Mittel bedient, die seinen Zustand selbst nur verschlimmern, die Gesellschaft gefährden, den Arbeiterstand immer tiefer hinabdrücken, ihn zum Feinde aller andern Klassen der Gesellschaft stempeln, ihn als Feind dem furchtbarsten Klassenkriege, dem sichern Untergange entgegenführen.

Die erste Bedingung eines ehrenfesten, erfolgreichen Kampfes der Arbeiter zur Erreichung des hohen Zieles, an dessen Ende die Arbeit nicht in Noth hinkümmert, sondern in Wohlstand sich des Lebens und der Arbeit freut, ist die persönliche Bildung des Arbeiters.

Die Arbeiterbildungsbestrebungen des Arbeiters zu fördern ist daher die kluge Pflicht der Selbsterhaltung, des Selbstschutzes aller Klassen der Gesellschaft von der höchsten bis zur tiefsten Stufe hinab. Wie wenig aber wurde in dieser Beziehung gethan? In einzelnen Städten der Schweiz werden alle Abende Vorlesungen über alle Zweige des Wissens in klarer, volksthümlicher Weise für die Arbeiter gehalten. In andern sind Sonntagsschulen, Abendschulen eingerichtet. So lange es noch eine Stadt giebt, in welcher nicht nach Bedürfniß durch freien Unterricht, durch unentgeldliche Vorlesungen, durch Feierstunden und Sonntagsschulen über alle Wissensbedürfnisse des Volkes und der Arbeiter gesorgt ist, so lange giebt es noch eine Stadt, noch eine städtische Bevölkerung, die ihre Pflicht gegen die Arbeiter ihrer Gemeinde nicht gethan hat.

Der Staat, die Gemeinde, die Gesellschaft, die Reichen, der Lehrstand vor Allem — Alle müssen sich dieser Pflicht, zur Bildung des Arbeiters ihren Theil beizutragen, bewußt werden. Und erst wenn Alle in diesem Bewußtsein überall ihre Pflicht erfüllen, dürfen sie hoffen, das Ihrige dazu beigetragen zu haben, daß die Lebensfrage, die Gewissensfrage der Zeit von den Arbeitern nicht benutzt und mißbraucht werden kann, die Gesellschaft aus den Angeln zu heben.

Arbeiterbildungsvereine, welche sich die Aufgabe stellen, die Mittel zu suchen und zu finden, die Bildung der Arbeiter zu fördern, sollten in jedem Arbeiterkreise gegründet, von allen Arbeitern besucht, von allen Arbeiterfreunden, von allen Menschenfreunden, von dem Staate, den Gemeinden, den Reichen, den Gelehrten, den Gebildeten unterstützt, gehegt, gepflegt, gefördert werden.

Wer in dieser Beziehung nicht seine Pflicht als Menschenfreund, als Freund der Arbeit in Noth thut, der hat kein Recht sich zu beschweren, wenn eines Tages der ungebildete, der rohe Arbeiter mit der geballten Faust, mit dem Messer, mit dem Beil ihm als Feind gegenübertritt und den Kampf auf Sein oder Nichtsein, um Hab und Gut gegen ihn beginnt.

Und wenn diese Pflicht nicht von Allen, vom Staat, von der Gemeinde, von den Reichen, den Gelehrten, den Gebildeten im vollen Umfange erfüllt wird; wenn es nicht gelingt, einen gebildeten, wohlwollenden mit der Gesellschaft durch die Mühe, die sie sich um den Arbeiter giebt, versöhnten Arbeiterstand herzustellen, so kommt der Tag sicher, wo der rohe, ungebildete, von dem äußern Anfluge der allgemeinen Bildung des Jahrhunderts oft nur verdorbene Arbeiter im Gefühl des Unrechts, das ihm die nothleidende Arbeit aufbürdet, zur Gewalt greift, zum Klassenkampfe in die Straßen hinabsteigt, und dann der Gesellschaft, der Kultur, der Bildung den Gnadenstoß giebt.

V.

Daß aber „Bildung" die Arbeiter in Noth nicht über ihre Noth erhebt, daß „Bildung" den Arbeiter nicht satt macht, wenn er sonst hungern muß, das versteht sich von selbst. Es gehört also etwas anderes dazu, um die thatsächliche Stellung der Arbeit in Noth zu bessern. Dies Andere sind eben andere, bessere Zustände des Arbeiters in der Gesellschaft als die, durch welche die Arbeit in Noth und Elend geräth. —

Es stehen sich hier zwei scharf geschiedene Anschauungsweisen gegenüber, und zwar

1. diejenige, welche eine vollkommene Umgestaltung der Gesellschaft überhaupt, eine Gesellschaftsreform, für nothwendig hält, als Ziel hinstellt, erstrebt, und

2. diejenige, welche ohne die Grundlage der Gesellschaft anzugreifen, die thatsächliche Stellung der Arbeit grundsätzlich und thatsächlich zu verbessern sucht.

Die „Gesellschaftsreform" erstrebt in der deutschen Arbeiterbewegung: 1. die internationale Arbeiterassociation und 2. die Lassalleaner;

Die „Verbesserung der Stellung der Arbeit" ohne die Grundlage der Gesellschaft überhaupt umstoßen zu wollen, erstrebt die deutsche Volkspartei. —

Es ist nothwendig, jede dieser drei Richtungen insbesondere zu würdigen.

VI.

Die internationale Arbeiterassociation wurde im Jahre 1864 in London unter dem vorherrschenden Einfluß von Karl Marx begründet. Auf einem Arbeitercongreß, der vom 3. bis zum 9. September 1866 in Genf stattfand wurden die Generalstatuten des Vereins festgestellt. *) Nach denselben bezweckte der Verein: „Den Kampf für gleiche Rechte und Pflichten und die Abschaffung der Klassenherrschaft". — „Die ökonomische Emanzipation der Arbeiterklasse" war das Ziel, welches der Verein sich steckte. Einigung zwischen den Arbeiterklassen der verschiedenen Länder sollte, um

---

*) General-Statuten und Central-Statuten der Sectionsgruppe deutscher Sprache der Intern. Arbeitergenossenschaft. Genf. Buchdruckerei Ducommun und Oettinger 1867.

so einen centralen Mittelpunkt der Mittheilung, „Mitwirkung" für alle Arbeiter aller Länder zu finden, das Mittel zur Erreichung jener Ziele sein. Schließlich erklärte der Congreß noch, „daß die internationale Arbeiterassociation, so wie alle ihr zugethanen Gesellschaften und Individuen als leitenden Grundsatz: Wahrheit, Gerechtigkeit, und Moral in ihrem Verkehr und Umgange mit allen Menschen und zwar ohne Unterschied der Hautfarbe, des Glaubens und der Nationalität anerkennen."

Jeder Freund der Arbeiter wird bis hierher sich mit den Grundsätzen und Zielen der Generalstatuten der internationalen Arbeiterassociation einverstanden erklären müssen.

In den Erwägungsgründen zu den Generalstatuten der internationalen Arbeiterassociation heißt es dann aber auch: daß „die ökonomische Unterwerfung*) des Mannes der Arbeit unter den Monopolisten der Arbeitsmittel, d. h. der Lebensquelle, der Knechtschaft in allen ihren Formen zu Grunde liegt, allem sozialen Elende, aller geistigen Degradation und politischen Abhängigkeit."

Einfach und klar ausgedrückt sagt dieser Satz: alles Elend, alle geistige Verkommenheit, alle politische Abhängigkeit liegt darin begründet, daß der Arbeiter nicht Fabrikherr, nicht Besitzer der Maschinen, nicht Eigenthümer des Kapitals ist." Und umgekehrt. „Alles Elend, alle Verkommenheit, alle politische Abhängigkeit hört auf, wenn der Arbeiter Eigenthümer der Maschine, der Fabriken, der Industrie, des Kapitals ist."

Karl Marx, der eigentliche Gründer der internationalen Arbeiter-Association, und auch die Seele derselben, hat diesen Gedanken zum Mittelpunkte eines social-ökonomischen Systems gemacht, indem er die Arbeiter belehrte, daß die Thatsache: „Abhängigkeit des Arbeiters von dem Besitzer der Werkzeuge der Arbeit," welche das Elend, die Verkommenheit, die politische Abhängigkeit begründet, wieder nur in einem Diebstahl an den Arbeitern begründet ist. Er lehrt: Alles Kapital ist nicht bezahlte Arbeit, dem Arbeiter unrechtmäßig entzogen, von dem Arbeitgeber unrechtmäßig sich angemaßter Arbeitslohn. Der Schluß folgt von selbst, daß das Kapital, die dem Arbeiter nicht bezahlte Arbeit, eigentlich dem Arbeiter gehört und ihm zurückerstattet werden muß.-

So faßte auch das Programm der internationalen Arbeiterassociation, das in Nürnberg vorlag, die Sache auf. Es sagte: „Das Kapital ist die Gesammtfrucht allzeitiger Arbeit." Es setzte hinzu: daß dasselbe „in usurpatorischen Händen" sei. Es schloß damit, daß es aussprach: „Das Kapital werde bald durch veränderte Umstände auf dem wahren Rechtswege seinem legitimen Eigenthümer, dem produzirenden Volke allmählich wieder zufließen." Um jedem Mißverständnisse vorzubeugen, heißt es noch: „Unter Kapi-

*) So in der offiziellen Genfer-Ausgabe. 1867. Bei W. Eichhof in seiner Darstellung der Intern. A.-A. heißt dieser Satz: „Daß die ökonomische Abhängigkeit des Mannes der Arbeit vom Monopolisten der Werkzeuge der Arbeit, der Quellen des Lebens, die Grundlage der Knechtschaft in jeder Form, des socialen Elends, der geistigen Herabwürdigung und politischen Abhängigkeit bildet."

tal verstehen wir alle aufgehäuften, nach der heutigen Praxis kapitalisirbaren Werth-
gegenstände, u. neben den Schätzen der Erde namentlich jeden Grund u. Boden."

Dies Programm wurde 1866 in Genf auf einer Versamm-
lung der Sectionen der verschiedenen Nationalitäten des internationalen
Vereins aufgestellt und angenommen. Es wurde durch das Central-Or-
gan der Sectionsgruppe deutscher Sprache „den Vorboten" veröffentlicht. Es
wurde in Nürnberg zu Anfang der Versammlung zur Annahme vorgelegt:
„weil dasselbe scharf die Forderungen der Arbeiter ausspreche, weil es sich
bereits als Standarte einer großen Arbeitermasse bewährt habe." *)

Das Programm aber, das Jahr und Tag in den Versammlungen des internationalen Arbeitervereins als „Standarte" aufgepflanzt war, konnte das helle
Tageslicht nicht aushalten. Es fiel vor der Kritik des gesunden Menschen-
verstandes und wurde dann dem Präsidenten der deutschen Section des Internationalen und zugleich Redacteur des „Vorboten", Johann Philipp Becker,
in Genf allein in die Schuhe geschoben.

Mag nun wirklich nur Joh. Philipp Becker dies Programm in seiner
Form zu verantworten haben oder nicht; darauf kommt wenig an; die Hauptsache ist, daß die Grundsätze, die dasselbe aufstellt, als die des Vereins in
einer allgemeinen Versammlung der verschiedenen Sectionen in Genf angenommen, als solche im Vereinsorgan veröffentlicht und — bis es in Nürnberg in seiner unheilvollen Verkehrtheit an das Tageslicht gezogen wurde —
als „Standarte einer großen Arbeitermasse", der internationalen Arbeiterassociation überhaupt aufgepflanzt und herumgetragen werden konnte.

Wenn man mit dem Programm Joh. Philipp Beckers auch die Grundsätze des Programms, so weit sie haltlos sind, abschüttelte, so wäre die
Sache von anderer Tragweite. Aber dies ist nicht der Fall. Diese Grundsätze sind
eben die Grundsätze der Marx'schen Theorie vom Kapital und sind als solche in
die leitenden Köpfe der internationalen Association und leider auch in viele
Köpfe der Geleiteten übergegangen. In der offiziellen Darstellung der Betheiligung der internationalen Arbeiterassociation bei der Arbeitseinstellung
in Genf, im Frühjahr 1868 **) kommen nur zwei gesperrt gedruckte Stellen
vor, die eine derselben heißt: „Die Frage der Arbeiterbewegung, wovon die
Genfer nur eine kleine Zuckung, ist einfach folgende: „Wie kann auf dem
Wege der Gesetzgebung das Kapital der Usurpation entzogen und
seiner Erzeugerin, und deßhalb allein berechtigten Erbin, der
Arbeit in guter Ordnung zugeführt, die ganze Gesellschaft in
geistiger, sittlicher und materieller Beziehung zur Productiv- und Consumgenossenschaft umgestaltet werden?"

Es ist in diesen zwei Sätzen das System Marx und der internationalen
Association wieder klar und einfach ausgesprochen. Das Thatsächliche
des Systems heißt: „Das Kapital ist in usurpatorischen Händen, muß in

*) So noch in der ersten Rede des Berichterstatters Schweichel.
**) Die internationale Arbeiterassociation und die Arbeitereinstellung in Genf, im
Frühjahr 1868. Von Joh. Phil. Becker S. 29.

die Hand der Arbeiter zurückgeführt werden." Die Theorie, durch welche die Thatsache verwirklicht werden soll, heißt: „Umgestaltung der ganzen Gesellschaft zu Einer Productiv= und Consumgenossenschaft."

Es genügt aber, solche Grundsätze, solche Theorien klar auszusprechen, sie an das helle Tageslicht hervorzuziehen, um — sie hinschwinden zu sehen. Die ganze Gesellschaft! Eine Productiv= und Consumgenossenschaft. Das heißt alle geistige, sittliche, seelige Menschenthätigkeit als eine „Magenfrage", wie sich die Theoretiker des Socialismus so gerne ausdrücken, betrachten und behandeln und darnach den Staat und die Gesellschaft ordnen. In dieser collossalen Productiv= und Consumgenossenschaft müßte natürlich die vollste, thatsächliche Gleichheit aller Menschen und Gesellschaftsmitglieder herrschen, und so ist nur der folgerecht, der, wenn er diese Massen=Productivgesellschaft gründen will, wie Herr Bakunin, damit anfängt, daß er die ökonomische und sociale Gleichmachung (égalisation) der Klassen und Individuen für die Vorbedingung derselben erklärt, das heißt: zur Einleitung in die Gesammt=productiv=Consumgenossenschaft die ganze Menschheit in einem richtigen Procrustusbett auf das rechte Maas zuschneidet. *)

---

*) Nachdem Herr Bakunin mit seiner „Gleichmachung der Klassen und Individuen" auf dem Berner Friedenscongreß durchgefallen war, traten er und seine Anhänger aus der Friedensliga aus und in die internationale Arbeiterassociation über, und zwar mit der folgenden Erklärung der „internationalen Allianz der socialistischen Demokratie":

„1) Die Allianz erklärt sich für atheistisch; sie will die Abschaffung der Kulte, die Ersetzung des Glaubens durch die Wissenschaft, der göttlichen Gerechtigkeit durch die menschliche."

„2) Vor Allem will sie die politische, ökonomische und sociale Gleichmachung der Klassen und der Individuen beider Geschlechter, welche beginnen soll mit der Aufhebung des Erbrechts, damit künftig der Genuß eines Jeden seiner Production gleichkomme" (womit die Gleichheit gleich wieder aufhören würde, A. d. Verf.) „und damit der Boden, die Arbeitswerkzeuge, indem sie, in Uebereinstimmung mit dem Beschluß des letzten Arbeiterkongresses in Brüssel, gleich jedem anderen Kapital, das Kollektiveigenthum der ganzen Gesellschaft werden, nur durch die Arbeitenden, d. h. durch die landwirthschaftlichen und industriellen Associationen, benutzt werden können."

„3) Sie will für alle Kinder beider Geschlechter, von ihrer Geburt an die Gleichheit der Mittel ihrer Entwicklung, d. h. des Unterhalts, der Erziehung, des Unterrichts auf allen Stufen der Wissenschaft, der Industrie und der Künste, und sie ist überzeugt, daß diese zunächst bloß ökonomische und sociale Gleichheit schließlich mehr und mehr auch eine größere natürliche Gleichheit der Individuen herbeiführen wird, indem sie alle künstlichen Ungleichheiten, welche die geschichtliche Frucht einer ebenso falschen als ungerechten socialen Organisation sind, beseitigen wird."

„4) Feindin eines jeden Despotismus, keine andere politische Form als die republikanische anerkennend, und jedes reaktionäre Bündniß unbedingt verwerfend, hält sie zugleich sich fern von jeder politischen Aktion, welche nicht zum sofortigen und unmittelbaren Zwecke den Triumph der Arbeiter gegenüber dem Kapital hat."

„5) Sie anerkennt, daß alle jetzt bestehenden politischen und Autoritäts=Staaten, indem sie mehr und mehr sich auf die einfachen administrativen Funktionen der verschiedenen Zweige des öffentlichen Dienstes in ihren bezüglichen Ländern beschränken, in dem universellen Verbande der freien landwirthschaftlichen und industriellen Associationen aufgehen müssen."

Nach dem System, nach der Theorie — will die internationale Arbeiterassociation das Kapital den Arbeitern zurückgewinnen helfen, und zwar durch Umgestaltung der ganzen Gesellschaft zu einer Art gemeinschaftlicher Arbeit- und Zehrgenossenschaft.

Nur die plumpen, deutschen Bären, die in Genf an der Spitze der Association stehen, sprechen dies so offen aus. Die klugen Führer der internationalen Association, die letzhin in Brüssel zu einem Congreß versammelt waren, spinnen feinere Fäden; aber das Gewebe, das daraus werden soll, wird doch zu demselben Dienste verwendet werden müssen. In zwei Hauptfragen hat der Brüsseler Congreß die Theorie der internationalen Association festgestellt, und zwar in Bezug auf die Maschine in Bezug auf das Grundeigenthum. —

In Bezug auf die Maschine hat der Brüsseler Congreß beschlossen:

„In Erwägung, daß einerseits die Maschine eines der wichtigsten Instrumente des Despotismus und der Aussaugung, in den Händen der Kapitalisten gewesen ist;"

„Daß anderseits die Entwickelung der Maschinerie die nothwendige Bedingung zur Substituirung eines wahrhaft socialen Systems der Production an der Stelle des Lohnarbeit-Systems ist;"

„Daß die Maschinen nur dann wahre Dienste dem Arbeiter leisten, wenn eine gerechte Organisation sie in deren Besitz gebracht haben wird;"

„Erklärt der Congreß:

1. „Daß nur durch kooperative Genossenschaften und Organisation des gegenseitigen Creditsystems die Production dahin gelangen kann, die Maschinen zu besitzen;"

2. „Daß jedoch im heutigen Zustande die in Gesellschaften des Widerstandes (sociétés de resistance) konstituirten Arbeiter bei Einführung neuer Maschinen interviniren sollen, damit die Einführung in die Ateliers nur unter gewissen Garantien oder Compensationen für den Arbeiter stattfindet."

In den beiden ersten Erwägungsgründen ist die verhängnißvolle Bedeutung der Maschinenfrage für den Arbeiter und die Gesellschaft angedeutet. Neue Maschinen schädigen sehr oft die Arbeiter, bringen denselben oft in erster Folge nur größeres Elend, größere Noth; aber trotzdem sind

---

„6) Da die sociale Frage ihre endgiltige und wirkliche Lösung nur auf Grundlage der internationalen oder universellen Solidarität der Arbeiter aller Stände erhalten kann, so verwirft die Allianz jede auf dem sogenannten Patriotismus und auf der gegenseitigen Eifersucht der Völker fußende Politik."

„7) Sie will die universelle Association aller lokalen Associationen durch die Freiheit."

Wir theilen dies Programm des Herrn Bakunin und seiner Freunde auch deßwegen wörtlich und ganz mit, weil es zeigt, wie die „Theorien" der internationalen Arbeiterassociation von ihren Freunden aufgefaßt und ausgebildet werden. Es ist so der Lauf der Dinge, daß, wenn ein theoretischer Unsinn aufgestellt wird, es stets Leute giebt, die diesen Unsinn weiterspinnen bis er — ad absurdum geführt ist. Der Verdienst gebührt Herrn Bakunin der internationalen Arbeiterassociation gegenüber. Der gesunde Menschenverstand ist ihm dafür Dank schuldig.

die Maschinen in der That die erste Bedingung der Verbesserung aller Arbeiterzustände. Und deßwegen sollten die internationalen Theoretiker mit mehr Bedacht an's Werk gehen, wenn sie diese verhängnißvolle Frage über das Knie brechen wollen, wie dies in dem dritten Erwägungsgrunde und den beiden Beschlüssen geschieht. Der dritte Erwägungsgrund sagt, „die Maschinen können nur dann wahre Dienste dem Arbeiter leisten, wenn sie in den Besitz derselben gebracht werden."

Es giebt andere sociale Theoretiker, die behaupten, daß die Maschinen, die Fabriken, die in Besitz der Arbeiter selbst sind, sehr bald und zwar je größer sie sind, desto eher, nur mit Schaden arbeiten und endlich zu arbeiten aufhören. Erfahrungen haben diese Ansicht nur zu oft bei einzelnen Versuchen bestätigt.

Es ist nicht unsere Absicht hier diese Frage, die mit so entschiedenen Gegensätzen beantwortet werden kann und wird, unsererseits lösen zu wollen. Wir deuten nur an, daß der „Besitz der Maschinen" nicht dafür bürgt, daß die Arbeiter, welche Besitzer der Maschinen sind und sie in Cooperativ-Genossenschaften zu verwerthen suchen, bleibenden Nutzen aus der Maschine ziehen; und behaupten dann, es giebt noch andere, naturgemäßere Mittel, zu verhüten, daß die Maschine zum Nachtheile der Arbeiter wirkt, — daß der Grundsatz eines billigen Antheils der Arbeit am Reingewinn der Maschine und Fabrik ganz anders als der Besitz der Maschine und der Fabrik zum bleibenden Heile der Arbeiter ausschlagen wird.

Wenn nun hiernach das Endziel, welches die internationale Association in der obigen These erstrebt, nicht nothwendig, und sicher nur ausnahmsweise, zum gewünschten Vortheile und bleibenden Heile für die Arbeiter führt, so ist es um so sicherer verkehrt, wenn sie zur Erreichung dieses Zieles die Arbeiter in Widerstandsgesellschaften organisirt, welche „die Einführung neuer Maschinen in die Fabrik nur unter gewissen Garantien oder Compensationen für die Arbeiter" erlauben sollen. Wo solche Widerstandsgesellschaften mächtig genug sind, werden sie die Einführung neuer Maschinen in der Regel bekämpfen und verhindern; wenn es solche Wiederstandsgesellschaften, mächtig genug ihren Willen durchzusetzen, gegeben hätte, so oft neue Maschinen eingeführt wurden, — würde heute keine einzige Maschine thätig sein.

In Bezug auf das Grundeigenthum hat der Brüsseler Congreß den folgenden Satz aufgestellt:

„In Erwägung, daß die Erfordernisse der Production und Durchführung einer rationellen Bewirthschaftungsweise den Betrieb der Landwirthschaft im Großen und nach einem Gesammtplan erheischen und die Einführung der Maschinen so wie die Organisation der collectiven Macht in Landbau nothwendig machen, so wie, daß der Gang der landwirthschaftlichen Entwickelung selbst den Großbetrieb wieder herzustellen strebt;"

„In Erwägung, daß demgemäß die landwirthschaftliche Arbeit und das Eigenthum an Grund und Boden auf gleichem Fuße zu behandeln sind, wie die Arbeit in den Bergwerken und das Eigenthum an solchen;

„In Erwägung übrigens, daß der productive Gehalt des Bodens — der Urstoff aller Erzeugnisse, die Urquelle aller Güter ist, ohne doch selbst das Erzeugniß der Arbeit irgend eines Einzelnen zu sein;

„Ist der Congreß der Ansicht, daß der Gang der wirthschaftlichen Entwickelung den Uebergang des Ackerbaubodens in das Collectiveigenthum zu einer gesellschaftlichen Nothwendigkeit erhoben und der Boden den landwirthschaftlichen Genossenschaften ebenso concedirt werden wird, wie die Bergwerke den Bergwerkgenossenschaften, die Eisenbahnen den Arbeitergenossenschaften, und zwar unter analogen Garantien sowohl für die Gesellschaft als für die Bebauer von Grund und Boden.“

Es ist diese ganze Entwickelung sicher nicht in dem Kopfe eines Arbeiters, sondern in dem eines Professors, eines Theoretikers, eines Stubengelehrten, mag er auch nebenbei „Arbeiter“ sein, entstanden. So gut aber wie man sagen kann, daß bei großer Zerstückelung des Grundeigenthums „der Gang der landwirthschaftlichen Entwickelung selbst den Großbetrieb wieder herzustellen strebt,“ bestätigt auch der Gang der Weltgeschichte, daß, „wo der Großbetrieb des Ackerbaues den Kleinbetrieb erdrückt,“ der Gang der gesellschaftlichen Entwickelung im Allgemeinen und auch der landwirthschaftlichen Entwickelung insbesondere wieder die Zerstückelung des Großbetriebs erstrebt und erlangt.

Doch ist das hier Nebensache. Die Hauptsache ist, daß an die Stelle des Privatbesitzers von Grund und Boden das Collectiveigenthum treten soll.

Es ist das nur ein verschleierter Communismus, und alle Gründe, welche diesen verdammen, verdammen auch seinem Trug- und Schattenbildbruder.

Zur Herstellung des Collectivismus soll Grund und Boden den landwirthschaftlichen Genossenschaften „concedirt“ werden.

Das heißt einfach: Der Staat „concedirt“ Grund und Boden den landwirthschaftlichen Genossenschaften. Und das heißt wieder: Der Staat nimmt Grund und Boden den Privateigenthümern und giebt ihn den Collectivgenossenschaften. Ist es nöthig, diese Grundsätze in ihrer Verkehrtheit, in ihrer drohenden, unheilvollen Bodenlosigkeit zu bekämpfen?

Die internationale Association hat Recht, wenn sie die „ökonomische Emanzipation“ der Arbeiter erstrebt; sie hat Recht, wenn sie dazu alle Arbeiter aller Länder zur gemeinsamen Thätigkeit nach diesem Ziele hin verbindet; sie hat Recht, wenn sie Wahrheit, Gerechtigkeit, Moral zu ihren Stammgrundsätzen erhebt;

Sie hat Unrecht, wenn sie einfach das Kapital Diebstahl nennt; —

Unrecht, wenn sie die Arbeiter lehrt, daß sie die berechtigten, beraubten Eigenthümer des Kapitals;

Unrecht, wenn sie die Arbeiter lehrt, daß die Maschinen nur dann sie nicht vernichten, wenn dieselben in ihrem Besitz sind;

Unrecht, wenn sie das Volk, die Arbeiter lehrt, daß Collectivbesitz an Grund und Boden ein berechtigter Anspruch der Arbeit, und daß der

Staat Grund und Boden denen nehmen muß, die ihn besitzen, um ihn „landwirthschaftlichen Genossenschaften" zu „concediren".

Unrecht endlich, wenn sie lehrt, daß zur Erreichung dieser Ziele eine Gesellschaftsreform stattfinden muß, die die ganze Gesellschaft in Eine große Productions- und Consum-Genossenschaft, in Einen einzigen gemeinsamen Arbeit- und Zehrverein umwandeln muß.

Unterstützen wir die Arbeiter der internationalen Association in allen ihren berechtigten Ansprüchen; helfen wir, sie aus den Händen blasser, hohler, unheilvoller, Vernichtung bringender Theorien befreien.

VII.

Die Lassale'sche Theorie ist eine Art junkerlicher Bastardschwester der Theorie der internationalen Arbeiterassociation über Kapital und Arbeit. Das Kapital ist auch nach ihr in der Hand von Usurpatoren, und muß wieder in die Hand der Arbeiter zurückgeführt werden. 89 Procent der Gesellschaft lebt in Noth, ausgebeutet von den übrigen 11 Procenten Reicher und Kapitalisten. Die Nothleidenden müssen durch Staatshilfe, durch Kapital, welches der Staat ihnen „concedirt", in den Stand gesetzt werden, wie die Reichen und Kapitalisten Fabriken zu errichten und dieselben im Großen auszubeuten. Um den Staat hierzu zu veranlassen, müssen die Arbeiter vorerst die Herrschaft im Staate zu erlangen suchen; sie erlangen dieselbe durch das allgemeine Stimmrecht.

Die Lassale'sche Theorie ist im Ganzen und in allen ihren Theilen haltlos.

Die Berechnung von 89 pCt. nothleidender Arbeiter gegen 11 pCt. in Ueberfluß lebender Reichen ist einfach ein Rechnungsfehler; da dieselbe alle Mittelstellungen in der Gesellschaft, alle selbstständigen Handwerker, kleinen Kaufleute und Krämer, größere und kleinere Ackerwirthe, in die Klasse der 89 pCt. Nothleidender wirft.

Die Theorie, daß das allgemeine Stimmrecht den „Arbeitern" die Macht gebe, ist eben deßwegen nicht begründet, weil die Klasse, welche Lassale „Arbeiter" nennt, gegenüber den eben angeführten Mittelstellungen der Gesellschaft, nie die Majorität, sondern nur eine kleine Minorität bildet.

Die Theorie, daß Staatshilfe überhaupt auf die Dauer Denen, welche sie verlangen, Vortheil bringen werde, ist unhaltbar, da Staatshilfe überall die Arbeit verdirbt, die Geschäfte, die Fabriken, die Genossenschaften, die auf ihr fußen, zu Grunde richtet, — wie solche, welche „Staatshilfe" z. B. in Paris 1848 erlangt hatten, bei — oder gerade in Folge — der Millionen Unterstützung zu Grunde gegangen sind.

Die Theorie, daß 89 pCt. der Gesellschaft in Noth verkommen und durch Staatshilfe gerettet werden müssen, ist Unsinn, denn diese Staatshilfe könnte doch nur auf Kosten der übrigen 11 pCt. stattfinden, wodurch diese 11 pCt. in kürzester Zeit der Staatshilfe ebenso und noch mehr bedürftig sein würden, wie der Rest der 89 pCt., welche auf Staatshilfe angewiesen wäre.

Die Theorie ist nicht nur haltlos, sondern vollkommen einfältig.

Sie heißt in wenig Worten:

"Ihr Reichen habt das Geld, wir Arbeiter haben es nicht, möchten es aber gerne als Staatshilfe erlangen. Das können wir, wenn wir die Macht im Staate haben. Bis jetzt habt Ihr sie, erlaubt uns, daß wir sie Euch nehmen, dann — leeren wir Euch durch die Staatshilfe, die wir Euch abzwingen, auch den Säckel."

Die Sache ist fast zu klug und was zu klug ist, — ist dumm.

Die Leute, welche die Macht haben, müssen, wenn sie ihren Reichthum nicht auch verlieren wollen, der Laſſalle'ſchen Bewegung gegenüber, Alles aufbieten, die Macht zu behalten. Wo diese Theorie sich thatsächlich geltend machen wird, wo sie nur als Drohung auftreten kann, werden die Reichen den Regierungen die Hand bieten, um die Arbeiter, die aus ihren Kapitalien „Staatshilfe" ziehen wollen, niederzuhalten. Es heißt, Hr. v. Bismarck besolde die Laſſalleaner. Wenn dies nicht der Fall, so thun sie — freiwillig und unbesoldet den Dienst, den Hr. v. Bismarck ihnen mit Geld — mit „Staatshilfe" — zahlen würde, wenn sie ihn nicht umsonst thäten. Es hat aber gar sehr den Anschein, als ob sie schon jetzt, im Anfang ihrer Bewegung, sich auch für ihre Agitation die „Staatshilfe" immerhin gefallen ließen. Es wäre das jedenfalls logisch — von ihrem Gesichtspunkte aus. — Hoffen wir, daß diejenigen unter den Laſalleanern, welche es mit der Sache, auf die es ankommt, mit der Verbesserung der Lage der arbeitenden Klaſſen, treu, ehrlich und ernst meinen, sich schon durch die Irrthümer hindurcharbeiten werden.

VIII.

Die deutſche Volkspartei hat auf ihrem Vereinstag in Stuttgart die Richtung angedeutet, die auch in der Arbeiterfrage unſerer Ueberzeugung nach zum Ziele führen muß.

Sie ſagt:

"In der socialen Frage begrüßen wir mit Freuden die Entscheidung des Nürnberger Arbeitertages, welche die untrennbare Connexität (Wechselbezug) der socialen Frage mit der politischen Freiheitsarbeit betont. Mit diesem Beschluß ist ein so verhängnißvoller wie irrthümlicher Gegensatz beseitigt und statt eines Zerwürfnisses, welches dem gemeinsamen Gegner zu Gute kam und noch mehr zu kommen drohte, ist eine Cooperation (gemeinschaftliche Thätigkeit) ermöglicht, die für die gemeinsame Sache nur segensreich wirken kann. Denn nicht nur werden die freiheitlichen Erfolge, die fortan gemeinsam (von den Arbeitern und den Demokraten) auf staatlichem Gebiete errungen werden, schon ihr gutes Theil zur Lösung der socialen Frage beitragen (z. B. in Gewerbe-, Handels- und Agrikultur-Gesetzgebung), — nicht nur wird die Beseitigung oder auch nur Beschränkung des allverderblichen Militärismus, die Sicherstellung oder auch nur Anbahnung einer Friedenspolitik unter den Nationen, die Erfüllung des Staates mit den Aufgaben der Bildung, den Zwecken der Kultur, unmittelbar und fühlbar vorzugsweise die Lage derer verbessern, die unter den Schäden und Lasten des Gewaltstaates am schwersten leiden, — nein, die Gemeinsamkeit des politischen Freiheitskampfes ist in sich eine Garantie, daß auch die specifisch socialen Probleme fortan behandelt werden in einem andern, einem bessern Geiste des Verständnisses und der Verständigung."

Der Beschluß der Mehrzahl des Nürnberger Arbeitertages, auf den sich die obige Stelle des Stuttgarter Programms bezieht, heißt:

„Die politische Bewegung ist das unentbehrliche Hilfsmittel der ökonomischen Befreiung der arbeitenden Klassen. Die sociale Frage ist mithin untrennbar von der politischen, ihre Lösung durch diese bedingt und nur möglich im demokratischen Staat."

In diesen Gedanken übereinstimmend, reichte die „deutsche Volkspartei" auf der Versammlung in Stuttgart den Arbeitern der Nürnberger Versammlung die Hand zum gemeinschaftlichen Werke der Erstrebung des demokratischen Staates.

Zwei andere Parteien haben bis jetzt sich die Hand in dem Gedanken gereicht, daß die Arbeitervereine sich der Politik ferne zu halten haben; und zwar das ängstliche Gothaerthum und das kecke Lassalleanergetriebe. Jene sagen: „Die Arbeiter sollen nach Bildung streben und sich der Politik enthalten"; die Anderen sagen: „Die Arbeiter sollen ihre sociale Lage zu verbessern suchen und die Politik bei Seite lassen." Das Zusammentreffen der Gothaer und Lassalleaner in diesem Punkte ist merkwürdig genug. Die Gothaer haben Angst vor der Demokratie; die Lassalleaner brauchen „Staatshilfe" vor Allem und wollen daher den „Staat" vor Allem, auch wie er jetzt ist, nicht zum Feinde, sondern zum Freunde, zum „Staatshilfe leistenden Bundesgenossen" haben.

Aber die Verbesserung der socialen Lage des Arbeiters ist im gegenwärtigen Staate unmöglich. Die ganze Richtung des Staatslebens der Gegenwart, die Regierungsweise, das Beamtenwesen, das Militärwesen, die Bevortheilung des Adels und des Reichthums, das Steuerwesen, lasten in letzter Linie vorzugsweise auf der Arbeit. Und so lange diese Richtung des Staatslebens nicht durch eine demokratische Organisation des Staates geändert, ist an keine Verbesserung der socialen Zustände der Arbeit und des Arbeiters zu denken. Wie kann es die Lage der Arbeiter bessern, wenn er durch Consumvereine, durch Creditvereine, durch Gewerkvereine Pfennige spart, während die Staatsbedürfnisse, das Budget, die Civilliste, die Beamtenbesoldungen, das Militärwesen, die indirecten Steuern dem Arbeiter so viele Thaler entziehen, als er durch alle möglichen Anstrengungen der Vereine und Genossenschaften Groschen oder nur Pfennige zu gewinnen vermag?

Das Soldatenthum allein läßt, so lange es besteht, gar keine durchgreifende sociale Verbesserung der Arbeiterzustände zu. Nicht nur, daß der Arbeiter vor Allem in den indirecten Abgaben die Steuern tragen muß, welche die Soldatenwirthschaft nöthig macht, muß auch jeder Arbeiter derselben in den besten Jahren seines Lebens die besten Arbeitskräfte opfern. Die Schweizer berechnen nach ihrem Volksheerwesen jährlich 1,600,000 Arbeitstage für das Einüben ihres Volksheeres von 120,000 Mann; nach dem Maßstabe und dem Heersystem des norddeutschen Bundes werden für 25,000 Mann nicht $1^{6}/_{10}$ Millionen Arbeitstage, sondern 9 Millionen nothwendig sein. *) Die Schweizer Arbeiter gewinnen also im Gegensatz zu den deutschen Arbeitern jährlich 7½ Millionen Arbeitstage, sage: sieben und eine halbe Million Arbeitstage!! — Arbeitstage und Arbeits= löhne! Die deutschen Arbeiter verlieren im Gegensatze zu den Schweizer Arbeitern durch das Soldatenthum im norddeutschen Bunde nach Verhältniß der fast zehnmal größeren Einwohnerzahl jährlich gegen 80—90 Millionen, sage: achtzig bis neunzig Millionen Tagearbeit und Tagelöhne! Es ist ganz unberechenbar, welchen Aufschwung das deutsche Arbeiterleben ge= winnen müßte., wenn es die Millionen und Abermillionen, die das Heer= wesen in Deutschland verschlingt, und die es vernichtet, nicht länger großen= theils durch seinen Schweiß und seine Arbeit herbeischaffen, sondern jährlich 70—80 Millionen Arbeitstage und Arbeitslöhne mehr gewinnen könnte,**) von allen anderen Lasten des Junker=, Fürsten=, Aristokraten= und Bureau= kratenstaates, dem demokratischen Staate gegenüber, gar nicht zu sprechen!

Die Herstellung eines demokratischen Staates, einer demokratischen Re= gierungsweise, demokratischer Staatsverwaltung, demokratischen Beamtenwesens, demokratischen Heerwesens, demokratischer Besteuerung — sind die Vorbe= dingungen, die unerläßlichen aller socialen Verbesserungen für alle Klassen der Gesellschaft, für die Arbeiterklasse vor Allem.

Deßwegen liegt es in der Natur der Dinge, daß die Arbeiter und die Demokratie sich die Hand reichen zur Erringung des demokratischen Staates; deßwegen ist es aber eben so naturgemäß, daß die Gothaer, Scheu vor der Demokratie habend, und ebenso die Lassalleaner, die vor Allem Staatshilfe

---

*) Wochenblatt des landwirthschaftlichen Vereins im Großherzogthum Baden. Nro. 3 1869. S. 19.

**) Es liegt so viel Unverstand als absichtliches Verschließen gegen den gesunden Menschenverstand darin, wenn die Anhänger oder auch die Genoppten (Gothaer) des heutigen Militärismus sagen: „Aber wir können doch jetzt dem drohenden Frankreich ge= genüber nicht entwaffnen!" Wer will denn das Volk dieser Drohung gegenüber entwaffnen? Bewaffnen wollen wir das Volk durch ein volksthümliches Heerwesen. In einer ziemlich perfiden Schrift eines deutschen Offiziers, die heute alle süddeutschen Blätter durchläuft, ist der Gedanke angedeutet, das Land würde der ersten besten Truppe mobiler Nationalgarde, die aus broblosen Arbeitern im Elsaß im Nu gebildet sei, preisgegeben sein. Es ist das wahr — trotz unserem Militärismus! denn, wie gesagt, dieser Militärismus bewaffnet das Volk nicht, sondern ent= waffnet es. Das französische System der mobilen Nationalgarde ist nichts als eine Nachahmung und Anwendung des schweizer Milizsystems auf französische Zustände. Sobald unsere superklugen Bismarcke dies erst merken, werden sie wieder die gelehrigen Schüler und Affen Napoleons III. sein. Wenn sie heute die Hälfte des stehenden Heeres heimschicken, aus diesen heimgeschickten Soldaten in jedem Dorfe, jeder Stadt die Cadres für Milizcompagnien, für „Compagnien mobiler Nationalgarde" — weil sie lieber die französische Mode nachahmen — machen, in welcher alle Männer von 18—36 Jahren, die ja meist schon alle Soldat waren, zum Heerdienste, zur Landesvertheidigung einexerziert werden, so kann Deutschland in sechs Monaten über sechs Millionen Kämpfer gebieten — ohne eine Stunde nur Einen Mann schwächer zu sein.

erringen wollen, sich gegen die Betheiligung der Arbeiter an der Politik aussprechen. *)

Die Führer der Majorität des Nürnberger Arbeitertages forderten die in Stuttgart versammelte deutsche Volkspartei auf, ihre Uebereinstimmung mit den Beschlüssen des Nürnberger Arbeitertages zu erklären.

Die „Volkspartei" in Stuttgart hat dies abgelehnt.

Die Mehrheit der Arbeiter des Nürnberger Tages hatte aus dem Statut der internationalen Arbeiterassociation den Satz: „Die ökonomische Abhängigkeit des Mannes der Arbeit von dem Monopolisten (dem ausschließlichen Besitzer) der Arbeiterwerkzeuge, bildet die Grundlage der Knechtschaft in jeder Form, des socialen Elends, der geistigen Herabwürdigung und politischen Abhängigkeit", angenommen.

Wir haben an einer andern Stelle gesehen, welche Klippe für die Arbeiter in diesem Satze liegt, wie derselbe den socialistischen „Theorien", dem blinden Hasse gegen die Maschine und dem Besitzer derselben Thür und Thore öffnet. Die Volkspartei in Stuttgart hat diese Gefahr erkannt, und daher verweigert, zu erklären, daß sie mit dieser Auffassung der Arbeiterfrage übereinstimme.

Deßwegen hat sie aber nicht weniger ihren „Anschluß" an das Nürnberger Programm, an die Bestrebungen der Nürnberger Mehrzahl und auch der internationalen Arbeiterassociation erklärt. Sie hat aber zugleich klar und fest ausgesprochen, wie sie diesen „Anschluß" versteht, indem sie die festen Grenzen zeigt, in welchen sie „im Anschluß an das Nürnberger Programm" die sociale Frage zu fördern hofft. Und zwar empfiehlt sie zu dem Ende:

1) „Besprechung der gesellschaftlichen Fragen in den Parteiorganen und Volksvereinen. Förderung des Genossenschaftswesens, namentlich der Gewerksvereine und Produktivgenossenschaften, Unterstützung der Forderungen des Arbeiters auf Betheiligung am Reingewinn".

2) „Auf dem Wege der Gesetzgebung ist zu erstreben: Hebung der Volksschule, Errichtung von Fortbildungsschulen, unentgeltliche Ertheilung des Unterrichts an denselben. Verbot der Kinderarbeit in der Fabrik, Festsetzung eines gesetzlich be-

---

*) Es ist nicht ohne Interesse zu sehen, wie die Ultras des Socialismus, die Freunde Bakunins, hier den Lassalleanern und Schweitzerianern die Hand reichen. In dem angeführten Programm der „internationalen Allianz der socialistischen Demokratie" heißt es § 4. „Feindin eines jeden Despotismus, keine andere Form als die republikanische anerkennend — hält sie zugleich sich fern von jeder politischen Action, welche nicht zum sofortigen und unmittelbaren Zweck den Triumph der Arbeiter gegenüber dem Kapital hat." Solche Republikaner, die sich jeder politischen Action enthalten, dürfte immerhin der Staat in Rußland so gut wie in Preußen mit etwas „Staatshilfe" zum Zwecke des Sieges der Arbeiter über das Kapital unterstützen, wenn er dadurch die Bürgschaft erlangte, daß diese Republikaner sich bis zum Tage dieses Sieges „jeder politischen Action ferne hielten."

ſchränkten Normalarbeitstags. Volle Gewerbefreiheit, Frei=
zügigkeit und unbeſchränktes Niederlaſſungsrecht. Aufhebung aller
zum Nachtheile der arbeitenden Klaſſen noch beſtehenden
Ausnahmegeſetze, insbeſondere der Verehelichungsverbote für Be=
ſitzloſe. Aufhebung aller Privilegien und Monopole. Un=
beſchränkte Coalitionsfreiheit. Privatrechtliche Beſtimmungen, welche die
Bildung von Genoſſenſchaften aller Art ermöglichen. Beſeitigung
aller indirekten Steuern. Eine einheitliche direkte
Steuer mit Progreſſivſätzen. Abſchaffung der ſtehen=
den Heere".

Wir halten dies Programm nicht für das einzig mögliche zur Erreichung
eines guten Zieles, nicht für überall genügend, nicht für unverbeſſerlich.
Aber wir glauben, daß in demſelben das rechte Ziel angedeutet, der rechte
Weg bezeichnet iſt, und dieß insbeſondere die Klippen, auf welche die ſocialen
Theorien der internationalen Aſſociation zuſteuern, und ebenſo die Abgründe,
welchen die Laſſalleaniſche Bewegung entgegen taumelt, vermieden ſind.

IX.

Wir wiederholen:

Es iſt die Pflicht des Staates, der Gemeinde, der Geſellſchaft, aller
Reichen und aller Bemittelten, aller an Geld und an Geiſt zur Unterſtützung
Begabten, — die Arbeiterbildungs=Vereine zu fördern; es iſt Pflicht
jedes Arbeiters, ſich den Arbeiterbildungs=Vereinen anzuſchließen und hier an
Bildung und Aufklärung hinzunehmen, was geboten wird.

Es iſt Pflicht, die gute Seite der Internationalen Arbeiter=
aſſociation: Gemeinſchaftliches Streben und Ringen aller Arbeiter aller
Länder im Geiſte der Wahrheit, Gerechtigkeit, Moral, zur „ökonomiſchen
Emanzipation" des Arbeiterſtandes — zu fördern; — aber ebenſo Pflicht,
die Arbeiter vor hohlen Theorien, die ihr Elend nicht abwenden, ſondern nur
vermehren können, zu warnen.

Es iſt Pflicht, die Arbeiter, welche den Laſſalleaniſch=Schweizeri=
ſchen Beſtrebungen anheimfallen, aufzurütteln, ihnen den Abgrund zu
zeigen, auf den ſie zuſteuern, den Schmutz, in welchem ſie ſtecken, — und
dann, wenn dies nichts nutzt, gegen dieſe Beſtrebungen, als unheilvoll und ver=
derblich in jeder Richtung, mit allen ehrlichen Mitteln den Kampf aufzunehmen.

Unſerer Anſicht nach iſt es ebenſo Pflicht, offen auszuſprechen, daß die
deutſche Demokratie, die „deutſche Volkspartei," auf ihrem Vereinstage in
Stuttgart mit dem dort aufgeſtellten Programm die Arbeiterfrage in die Bahn
geleitet hat, an deren Ziel eine heilvolle Löſung derſelben möglich wird.

Mögen dieſe Worte in Erweckung des Gewiſſens der Geſellſchaft gegen=
über dieſer Gewiſſensfrage der Zeit den Arbeitgebern wie den Arbeitern zu
Heil und Nutzen gute Früchte tragen!

Oberweiler, den 1. März 1869.

J. Benedey.